Dès que tu auras lu les premières pages de ce livre, tu seras engagé dans une aventure sans fin.

**Catalogage avant publication de Bibliothèque et Archives
nationales du Québec et Bibliothèque et Archives Canada**

Ross, Janine

    Le gigantesque secret des Terroi

      (Fantastiquement écolo)

    Pour les jeunes de 9 ans et plus.

    ISBN 978-2-923382-19-7

    I. Ross-Phaneuf, Éveline, 1981- . II. Titre.

PS8635.O692G53 2007    jC843'.6    C2007-941425-7
PS9635.O692G53 2007

## *Remerciements*

Je souhaite que tous les enfants du monde puissent remercier quelqu'un pour
l'encouragement, l'affection et l'attention qu'ils auraient reçus un jour ou l'autre,
comme je le fais maintenant. Merci à Cécile et Rodolphe, mes parents, Éveline et
Alexandre, mes enfants, mes frères et sœur et à mes ami(e)s qui ont adouci les
tempêtes que j'ai traversées. Immense reconnaissance à mon conjoint, homme
d'action et d'affection. Merci à vous tous. Que la vie vous rende ces cadeaux.

Bertrand Dumont éditeur inc.
C.P. nº 62, Boucherville
(Québec) J4B 5E6
Tél. : (450) 645-1985
Téléc. : (450) 645-1912
(*www.jardinplaisir.com*)
(*www.petitejuju.com*)

Éditeur : Bertrand Dumont
Révision : Raymond Deland
Conception de la mise en pages :
Norman Dupuis
Infographie : Horti-Média
et Charaf el Ghernati

L'éditeur remercie :

- la Société de développement des
  entreprises culturelles (SODEC) du
  Québec pour son programme d'aide
  à l'édition et à la promotion.

- Gouvernement du Québec –
  Programme de crédit d'impôt pour
  l'édition de livres – gestion SODEC.

Société
de développement
des entreprises
culturelles
Québec ✚✚

Imprimé au Canada sur papier 100 %
recyclé

© Bertrand Dumont éditeur inc., 2007

Dépôt légal – Bibliothèque et Archives
nationales du Québec, 2007

Bibliothèque et Archives Canada, 2007

ISBN 978- 2-923382-19-7

*Le gigantesque secret des **Terroi***

FANTASTIQUEMENT ÉCOLO

# *Le gigantesque secret des **Terroi***

## Janine Ross

Illustrations
Éveline Ross-Phaneuf

## CHAPITRE 1

# Mathurin Terroi,
## l'arrière-grand-père

Mathurin Terroi est un très vieil homme attaché à son coin de pays, le Saguenay. Cela fait déjà plusieurs années qu'il entretient précieusement le souvenir des récits de ses ancêtres. Depuis qu'il est grand-père, et maintenant, arrière-grand-père, il raconte des centaines d'histoires qui mettent en scène des membres de sa famille : les Terroi. Depuis fort longtemps, ceux-ci puisent aux forces de la nature pour vivre dans l'abondance. Mais il y a une devise qui a animé tous les Terroi, de génération en génération :

– Si on prend à la nature, il faut lui rendre pour que l'équilibre existe.

À plus de quatre-vingt-dix ans, lucide comme un jeune homme, le vieillard tricote des récits fantastiques à partir du terroir. C'est sa plus

grande joie, sa manière à lui de transmettre à ses descendants une certaine sagesse reçue de ses ancêtres.

Chaque été, ses arrière-petits-enfants partent de plusieurs régions du Québec pour lui rendre visite. Ils anticipent tous le plaisir d'entendre leur aïeul évoquer le passé.

Tous les ans, Mathurin qui habite dans la forêt les attend dans sa grande maison ancestrale. Le dos voûté, il se déplace lentement à l'aide de sa canne, se servant d'elle pour montrer un oiseau ou décrire un coucher de soleil. Pour les plus jeunes des enfants, cette canne est magique, ils en sont certains.

Chaque été, ils ont un plaisir renouvelé à entendre Mathurin leur parler des aventures et des expériences qu'il a vécues. Il en invente parfois !

Chaque jour des vacances, réunis sous un grand arbre qu'ils ont toujours connu, les enfants attendent avec impatience l'arrivée de leur arrière-grand-père. Un soir, Mathurin s'assoit, comme à son habitude, au sol et déclare :

– Comme je me fais de moins en moins jeune, j'ai des choses importantes à vous dévoiler.

Ariane, Éoline, Jonas et Robin remarquent que Mathurin n'est pas comme les autres étés.

Il leur semble qu'il cache un mystère. Leurs oreilles bien grandes ouvertes, ils attendent les premières paroles du vieux.

## CHAPITRE 2

# Le géant Québec
## et ses amis

Les enfants assis par terre, Mathurin, bien installé, commence à raconter son histoire.

– Aujourd'hui, et il est grand temps, je vous révèle l'existence d'un géant.

Les enfants se regardent, étonnés. Ils n'en ont jamais entendu parler.

Mathurin entame son récit.

– Avant que les Français, vos ancêtres, débarquent en Nouvelle-France, Québec – c'est son nom – était un géant tranquille. Il était toujours couché, sa nature étant d'être le sol. Fusionné aux roches souterraines, il ne pouvait pas marcher. Il avait mille visages et ses yeux voyaient partout. Été comme hiver, il portait fièrement sur lui des vêtements vivants, d'une telle splendeur que tous les princes de ce monde les lui auraient enviés.

Ces parures lui étaient apportées par les quatre saisons.

L'Été, visiteur généreux, le parait d'un manteau extraordinaire. Il le couvrait de feuillage de plus en plus dense, comme si des milliards d'énormes brocolis poussaient sur son corps. En fait, ces arbres travaillaient à le protéger du soleil trop ardent.

L'Automne, artiste resplendissant, peignait de couleurs flamboyantes son costume d'été. Des nuances de pourpre, d'ocre ou d'orangé s'étalaient sur son immense vêtement.

L'Hiver, le silencieux, arrivait avec le frimas, le gel et la neige pour lui offrir une fourrure immaculée qui le gardait bien au chaud. Ainsi, Québec s'apaisait et s'endormait avec les ours, ses amis, à l'abri des tempêtes.

Au grand dégel, le Printemps, joyeux et pétillant, soufflait sur les glaçons et, goutte à goutte, les faisait fondre sur ses nez endormis. En ouvrant tous ses yeux, le géant Québec se voyait couvert de diamants. Il en était tout ébloui ! Cet habit d'apparat printanier, cousu de cours d'eau tumultueux, captait les feux du soleil. Ruisseaux, torrents, chutes, rivières et lacs gonflés par la fonte des

neiges formaient une dentelle rutilante. La
nuit venue, la lune y glissait des reflets
d'argent. Ces habits magnifiques prêtés par
les saisons comblaient le grand personnage.

Captant l'attention de ses petits-enfants, Mathurin poursuit son histoire:

– Au fil des saisons, des volées d'oiseaux, migrateurs ou résidants, ajoutaient au bonheur de Québec. Leurs chants, roucoulements et pépiements exprimaient la diversité et la joie. De l'aurore au crépuscule, l'ours et l'orignal, le porc-épic et la marmotte allaient et venaient au rythme du train-train quotidien. Il en fut ainsi durant des siècles.

Notre géant avait des yeux et des nez. Ses milliers de coudes abritaient des terriers où dormaient les animaux. Ses milliers d'épaules et de genoux pliés formaient les monts et les collines! Ses chevelures verdoyantes, blanches ou multicolores se confondaient avec la couleur de ses accoutrements saisonniers.

Ses multiples bras et pieds, qu'il remuait parfois, faisaient s'effondrer quelques falaises et provoquaient, quoique rarement, des tremblements de terre, mais sans plus.

Sans possibilité de se déplacer, le géant s'en remettait aux animaux et aux saisons, à l'eau, à l'air et aux arbres sachant qu'ils prendraient soin de lui.

Mais le géant n'avait pas que des amis...

Comme de véritables diablotins, les orages cassaient des arbres, les pluies diluviennes inondaient les prairies, les fortes chaleurs provoquaient des sécheresses et les blizzards gelaient les tiges des plantes. Ces garnements rôdaient partout pour lui faire leurs mauvais coups. Sans broncher, le géant Québec acceptait sa destinée. La nature, bien que généreuse, imposait ses lois et ses épreuves, mais en même temps, fournissait les forces pour les surmonter.

Jusqu'à ce qu'un événement vienne tout changer.

## CHAPITRE 3

# De nouveaux arrivants
## *débarquent*

Toujours assis autour de Mathurin, Ariane, Éoline, Jonas et Robin l'écoutent avec attention.

– Un jour, des hommes venus d'Asie ont migré jusqu'à l'est du continent. Ils ont choisi de vivre sur le corps du géant. Comme ils lui vouaient un grand respect, ce dernier ne put les repousser. Ces humains assuraient leur subsistance à partir des cadeaux que leur faisait le géant. Il leur offrait de l'eau pure, de l'air frais, la chaleur du feu et les petits fruits sucrés qui poussaient sur lui. Ces hommes venus d'ailleurs savaient comment ne pas épuiser le géant. Longtemps, ils ont été compagnons.

Un jour, tout a changé. Des caravelles sont arrivées, toutes voiles déployées. Rapides, elles fendaient les vagues à l'assaut de terres inconnues en quête de richesses : or, épices et fourrures faisaient l'envie des rois des lointains empires. Dans leur ventre, les navires transportaient des hommes à qui l'on avait enseigné à défier et à dépouiller les géants.

D'abord, il y a eu les trappeurs qui chassaient les animaux sauvages. Ensuite sont venus les colons armés de haches qui s'empressaient de déboiser pour construire des cabanes, les chauffer et cultiver la terre. Le géant Québec, naïf, s'amusait de leurs activités frénétiques. Ça lui faisait de la compagnie !

Puis un jour, une grande sécheresse est survenue. Québec a ressenti les rayons brûlants du soleil darder sur sa peau de plus en plus dénudée. Au fil des années, l'abattage des forêts qui recouvraient son corps s'était fait de plus en plus intensif. Le géant a alors compris que ces hommes étaient en train de lui dérober ses beaux vêtements. Il a réalisé aussi qu'ils étaient en train de salir les diamants qui glissaient sur ses ruisseaux et ses rivières. Ses cris, pour qu'on épargne son manteau de verdure, n'étaient pas entendus. Plus la colonie s'étendait, plus Québec se sentait mis à nu, dépouillé. Ses lamentations se perdaient dans la nuit, comme si les humains étaient devenus sourds et aveugles. Rien n'était plus comme avant.

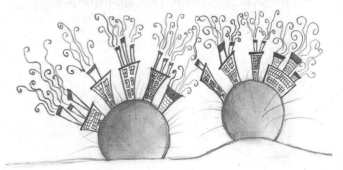

Plus tard, Québec se rendit compte que de grosses verrues poussaient sur son corps. Elles grossissaient à vue d'œil. D'abord villages, ces verrues se transformaient en villes ! On n'y cultivait que des cailloux et on arrachait tous les arbres pour dessiner des chemins de terre battue, de plus en plus longs, de plus en plus larges. Un réseau de routes reliait les excroissances les unes aux autres. Puis, des cheminées crachant de la poussière de charbon poussaient sur les villes comme de vilains poils fumants. Les déchets s'accumulaient, des eaux puantes et visqueuses salissaient les ruisseaux. Plus tard, des voitures de plus en plus puissantes se sont mises à larguer des poisons sur leur passage !

Sous le grand arbre, l'inquiétude est à son comble.

CHAPITRE 4

# L'inquiétude se fait vive

Voyant le malaise des enfants, le vieillard se tait.

– Mais Mathurin, ce n'est pas une belle histoire du tout ! dit Ariane.

– Dis-nous, Mathurin, le géant est-il mort ? interroge Jonas.

Après un silence, le vieux répond :

– Québec n'est pas mort, il souffre. Depuis plus de cent ans, il se bat seul, ou presque, pour sauver ce qui reste de ses somptueux vêtements, de son eau claire et de son air pur.

– Qu'est-ce que des petits enfants comme nous peuvent faire pour aider le géant ? s'inquiète Éoline.

Ariane s'exclame :

– Si on obligeait tout le monde, les gens et les grosses compagnies à tout nettoyer. Il faudrait des surveillants et des policiers.

Elle ajoute :

– Il faudrait décréter une « *Interdiction absolue de salir le géant !* »

Jonas écoute attentivement sa cousine. Il n'a perdu aucun mot de la triste histoire que raconte Mathurin. Le voilà qui imagine le fleuve comme une grosse veine qui traverse le corps du géant :

– Si on jette encore des cochonneries à l'eau, c'est comme si on faisait boire du poison à Québec. Les poissons et les oiseaux qui boivent de l'huile à moteur et du pétrole. Pouach ! Si j'étais capable, moi, je ne boirais plus jamais ! Je vais demander à tous mes amis de fabriquer des pancartes « *Interdit de jeter des saloperies à l'eau, sinon... on vous donnera de gros maux de ventre que vous n'oublierez pas de sitôt.* » On va dessiner une tête de mort et écrire : « *C'est ce qui va vous arriver, si vous salissez l'eau* », lance-t-il, au comble de l'exaspération.

Robin se voit faire appel à des milliers d'enfants qui habitent sur le géant :

– Je leur demanderai de me suivre dans une forêt que les adultes veulent abattre. On grimpera et on s'attachera aux arbres. On dira aux bûcherons : « *Essayer de nous enlever de là. Vous verrez qu'on a la tête dure !* » On leur lancera des tomates et ils vont déguerpir.

Éoline pense qu'elle est heureuse d'être dans la forêt de Mathurin, parce qu'ici, au moins, elle peut respirer à pleins poumons. Dans sa ville poussiéreuse, l'asthme l'étouffe. Comme ses cousins et sa cousine, elle se demande ce qu'elle pourrait inventer pour sauver le géant Québec.

## CHAPITRE 5

# *Le secret et*
# *le « Pacte de l'abondance »*

En écoutant ses arrière-petits-enfants, Mathurin sourit discrètement. Il a atteint son but: il vient de soulever un vent de sympathie pour le géant... pour la Terre massacrée.

Son cœur de vieil homme se réjouit et vibre. Bon sang ne saurait mentir et Mathurin juge que le moment est venu de révéler aux enfants le secret et le « Pacte de l'abondance ». Les jeunes se calment un peu et le vieillard reprend son récit.

– Il y a bien longtemps, à l'époque où la colonie s'étendait et que le géant Québec se sentait de plus en plus dépouillé, les premiers Terroi de notre lignée sont arrivés. Ils avaient le pouvoir de parler aux géants. Il leur venait de leurs ancêtres européens. Le voilà, le secret de notre famille, mes enfants. Ainsi, le géant Québec a pu leur dire comment le protéger. Je vous en dirai plus sur ce secret. Mais soyez patients.

Ensuite, il y a eu le « Pacte de l'abondance ». Notre famille, au nom de sa descendance, a fait une alliance avec le géant. Les Terroi prendraient soin de Québec et, en contrepartie, ils tireraient de la terre des récoltes abondantes, une eau pure remplie de poissons, de l'air frais et mille autres bienfaits.

Notre famille n'a pas voulu garder les cadeaux du géant pour elle seule. Elle a donc inclus dans le « Pacte de l'abondance » tous ceux qui, comme les Terroi, respecteraient le géant. Ces gens-là aussi profiteraient de ses bienfaits.

Les enfants, très excités par les révélations de Mathurin, se demandent si eux aussi pourront parler au géant. Les plus vieux s'interrogent. Seront-ils capables de comprendre ce que veut leur dire le géant ? Ils ne demandent même pas à Mathurin la fin du récit. Ils sont trop éberlués !

Seul Jonas ne participe pas aux discussions effrénées des autres. Il regarde le vieillard.

– Pourquoi tu me regardes avec ces yeux-là, petit homme ? lui demande Mathurin.

– Est-ce que ça veut dire que toi aussi, tu parles au géant et qu'il te répond ? demande alors Jonas.

– Bien sûr petit. Et si tu veux, tu apprendras toi aussi à parler avec le géant !

C'est alors que le vieux Mathurin interpelle les enfants :

– Voulez-vous, vous aussi, respecter le « Pacte de l'abondance » de notre lignée ?

## Chapitre 6

# *Les coffres aux souvenirs*
### *de Mathurin*

Pendant que les enfants commentent entre eux la formidable nouvelle, le vieil homme se perd dans ses coffres à souvenirs, précieusement conservés dans la tête.

Il se rappelle comment il a passé sa vie à honorer le « Pacte de l'abondance ». Il a exploité une petite terre à bois. Sagement, simplement, en prenant soin de sa précieuse forêt, il a pu faire vivre sa marmaille et la tenir au chaud.

Aujourd'hui, en contemplant son lopin de terre, il se dit que le « Pacte de l'abondance » des Terroi avec le géant a été respecté. Le ruisseau alimente toujours la maisonnée et le potager. Le message d'amour et de respect de Mathurin pour la nature du géant a porté fruit. Le boisé, jalousement gardé par la famille, est plus beau que jamais. Sa terre appartiendra bientôt à ses descendants. Le géant a, sans cesse, tenu sa promesse et apporté, saison après saison, ses cadeaux.

Plusieurs voisins informés par les Terroi de l'existence du «Pacte de l'abondance» avaient promis, eux aussi, de chérir le géant. C'est ce qu'ils ont fait.

Pourtant, d'autres ont voulu profiter des bienfaits de Québec, mais sans s'embarrasser du «Pacte de l'abondance». Et il y a eu des catastrophes. La rivière Saguenay a gobé des tonnes de polluants, les poissons en ont souffert. Les oiseaux aussi.

Mathurin sait que la survie du géant passe par ses arrière-petits-enfants. Leurs réactions pleines d'enthousiasme le comblent de bonheur. Il est fier de constater l'intérêt qu'ils portent à la nature du géant; ils ont des lumières dans leurs yeux. Il s'amuse en les entendant commenter la fantastique histoire de leur famille.

En même temps, Mathurin se demande qui d'Ariane, de Robin, de Jonas ou d'Éoline passera le pont vers le futur en respectant le «Pacte de l'abondance» légendaire des Terroi. Lequel de ces arrière-petits-enfants protégera le géant des agressions? Lequel encouragera tout le monde à entretenir ses beaux vêtements saisonniers? Qui d'entre eux portera son message de vieil homme, et ce, bien au-delà de sa propre mort? Peut-être les quatre enfants deviendront-ils les ambassadeurs du géant auprès des autres Québécois? Voilà à quoi songe le vieillard.

## CHAPITRE 7

# *Les Terroi en mission*

Chez Mathurin les vacances achèvent. Les jeunes vont le quitter, bien à regret, pour retourner chacun dans leur région. Le matin du grand départ, tous assemblés sous le grand arbre, les quatre enfants jettent un dernier regard aux collines et aux forêts tout autour de la maison de Mathurin. Ils vont s'ennuyer du vieillard.

Le père de Robin arrive. On embarque les valises à bord du véhicule. Les quatre jeunes se rendent à Québec, où leurs parents respectifs viendront les chercher. Après trois semaines au Saguenay, tout le monde a hâte de se retrouver.

Juste avant le départ, Mathurin embrasse chacun des jeunes, comme il le fait depuis tant d'années, à la fin des vacances. Puis, il prend sa canne et l'élève au-dessus de la tête d'Ariane en disant :

– Maintenant, et pour toute ta vie, je t'investis d'une mission. Tu devras par tes paroles et

tes actions, respecter le «Pacte de l'abon-
dance» signé entre les Terroi et le géant
Québec. Tu devras le faire connaître à tous.
C'est ta mission.

Mathurin refait le même rituel avec Robin,
Jonas et Éoline.

Le vieil homme ajoute:

– Puisque la mission est immense, je vous ai
bien observés, mes enfants, et j'ai décidé,
si vous le voulez bien, de vous répartir les
tâches de la façon suivante:

- Robin, tes préoccupations iront aux arbres
  et à la forêt;

- Éoline, bien que tu sois haute comme trois
  pommes, je ne t'oublie pas. Tu t'occuperas
  du vent et de l'air qui caresse le géant.

- Jonas, mon petit, à toi, je confie l'eau;

- Ariane, tu veilleras à la terre.

Ensuite, Mathurin pose son regard sur sa
fidèle compagne de route, sa mystérieuse
canne.

– Cette canne, je la détiens de mon père. Elle
a appartenu au premier Terroi qui a signé
«le Pacte de l'abondance» avec le géant. Elle

a le pouvoir d'ouvrir vos oreilles à ce que dit le géant et vous donne le pouvoir de lui parler. En imposant cette canne sur vos têtes, ce pouvoir est maintenant vôtre, confie-t-il.

Comment ne pas croire ce que raconte le vieillard ? Il est tellement convaincant. Les jeunes troublés se sentent investis d'une formidable mission. Il en va de la fierté des Terroi. Entre eux, ils se jettent des clins d'œil complices. Ils ont toujours soupçonné que la canne de Mathurin n'était pas ordinaire. Ils savent maintenant qu'elle est magique!

Au moment où l'automobile s'ébranle, Mathurin émerveille une fois de plus les enfants. Malgré son grand âge, il leur confie avoir apprivoisé l'Internet et il l'utilise pour sauver la nature du géant.

– Si vous avez besoin de moi, vous m'écrirez et, ensemble, on trouvera des solutions. Québec souffre trop! Je compte sur vous. Vous êtes jeunes et pleins d'énergie. Le sauvetage du géant, c'est maintenant votre mission! Bon voyage, lance-t-il.

En chemin, chacun des enfants rêve au géant, aux richesses qu'il ne cesse de déverser sur les habitants du pays et au peu d'attention qu'il récolte en retour. Dans leur esprit germent des idées pour gagner à leur cause d'autres jeunes et le plus d'adultes possible. Quelles espiègleries, quelles astuces utiliseront-ils pour défendre les intérêts du géant?

Robin, qui ne voit déjà plus la forêt du même œil, commence à avoir des idées...

CHAPITRE 8

# *Les ingénieuses cuisines de la forêt*

Durant le trajet, la tête remplie des histoires de son arrière-grand-père, Robin comprend que Québec, le géant, c'est la terre qu'il foule. Il a déjà entendu parler d'environnement, mais jamais à la manière dont le fait Mathurin.

La forêt défile de chaque côté de la route. Hypnotisé, le jeune garçon s'endort... et s'installe dans le monde du rêve. Il prend la taille d'une fourmi et, dans une forêt, glisse sous une couche de feuilles mortes.

– C'est frais, ça sent bon, rêve-t-il.

Les rayons du soleil percent le plafond végétal et laissent transparaître une lumière ambre. À certains endroits, le tapis de feuilles s'épaissit. Robin poursuit sa route et heurte une masse.

Sous l'impact, un bruit fort et sec, comme une détonation se produit. Il sursaute et réalise qu'il assiste à l'éclatement d'une graine d'ar-

bre. Vigoureuse, la semence étire ses premiers cotylédons vers la lumière tels des bras tendus vers le soleil. Au même moment, des dizaines et des dizaines d'autres graines éclatent dans une joyeuse frénésie. Voraces, les plantules dévorent le contenu de leur enveloppe et vident leurs réserves de nourriture.

– De vrais gloutons ! Robin n'en revient pas.

Il n'a pas assez de ses deux yeux pour saisir tout ce qui se produit autour de lui.

Avant que les premières feuilles miniatures émergent de la surface du sol, chaque plant fabrique de minuscules racines fines comme des fils de soie. Elles s'enfoncent à chaque seconde plus profondément dans l'humus afin de nourrir chaque gourmand poupon.

À la vue de toute cette vie grouillante, Robin se pose des tas de questions :

– Comment nourrir toute cette population de bébés arbres affamés ? Il doit bien y avoir une cuisine ? Mais qui s'en occupe ? se demande-t-il.

Soudain, le garçon ressent une présence. Attiré par une cavité, il emprunte un couloir souterrain entre les racines d'un érable. Un mouvement de succion s'intensifie au fur et à mesure qu'il s'approche d'un immense réseau de racines très dense. Une force incroyable, comparable à des pompes silencieuses, mais puissantes, aspire de l'eau, des minéraux, des micro-organismes et d'autres substances des profondeurs du sol.

Tout un réseau de radicelles capte dans la terre les éléments nutritifs qui, aussitôt, disparaissent, transportés par... des filets d'eau. Robin comprend que toutes ces particules empruntent un parcours mystérieux qu'il a bien envie de découvrir.

Réduit à une dimension microscopique, le garçon se glisse dans une des radicelles.

– Il fait noir, c'est étroit, constate-t-il.

Dans la seconde qui suit, un courant d'eau l'entraîne sur une grande distance.

– Me voici dans un tunnel plus large où il y a plus d'eau encore. Je monte... on m'attire vers le haut !

L'ascension rapide étourdit le jeune explorateur.

Tout à coup, éberlué, il aperçoit des menus complets dans des assiettes enveloppées de cellulose.

– Il y a les minéraux, les micro-organismes et tout ce que j'ai vu dans la terre tantôt. C'est formidable ! s'écrie-t-il.

Les assiettes sont poussées sur des convoyeurs et des monte-charges. Des bouches tapissent les parois internes de l'arbre. Il y en a partout. Elles s'activent et réclament leur ration. Dans une série de gestes incessants, des fourchettes et des couteaux s'emparent du contenu de milliers d'assiettes transportées par la multitude de convoyeurs actionnés par l'eau. Les ustensiles ne fournissent pas à satisfaire la gourmandise des bouches qui mastiquent à toute allure. Les plats desservent toutes les parties de l'érable, des racines jusqu'aux plus petites feuilles. C'est une gigantesque usine !

Tout à coup, l'attention de Robin se porte sur des bulles de gaz, comme il en retrouve dans son 7 Up. Il y en a partout. Elles entrent par toutes les feuilles de l'arbre. Chaque bulle est chargée de fumée noire, bleue, grise. Des aspirateurs interceptent les bulles, les vident de leurs déchets. Le traitement choc les laisse transparentes, toutes propres. Les résidus souillés, laissés par le nettoyage, tapissent l'intérieur de l'arbre.

L'eau qui actionne les monte-charges et les convoyeurs arrive à la fin de son parcours. Elle est projetée sous forme de fines gouttelettes qui entraînent avec elles ce qui reste des assiettes réduites en poudre et les bulles d'oxygène bien nettes.

Robin, stupéfait et heureusement jugé non comestible par l'arbre, est expulsé par une feuille. Il dégringole de branche en branche, comme s'il s'agissait de trampolines et rebondit avec souplesse jusqu'au sol.

Mais Robin n'est pas au bout de ses surprises.

## CHAPITRE 9

# Un rêve qui devient
## un cauchemar

Toujours dans son rêve, Robin entend la voix de Québec, le géant, qui l'observe depuis un bon moment déjà.

– Je t'ai fait visiter les cuisines de ma forêt. Je fais la popote pour garder la forêt en santé. Quand vient l'hiver, comme tout est au ralenti, j'arrête les pompes, les convoyeurs et les monte-charges. Ensuite, je ferme boutique. C'est comme ça depuis très très longtemps ! Mais depuis deux cents ans, ce n'est plus si simple !

Depuis que les hommes ont commencé la coupe intensive de mes arbres, je m'ennuie. C'était un plaisir de m'occuper d'eux.

Je t'ai dévoilé, à toi, le fonctionnement de mes usines à oxygène et de mes cuisines. Ah ! Si les humains savaient ce qui se passe dans ma nature de géant. Ils s'imaginent que je résisterai toujours à leurs mauvais traitements.

La réalité, c'est que maintenant, j'ai besoin de leur aide. S'ils savaient à quel point ma végétation est fragile et menacée.

Malheureusement, bien peu d'humains me respectent, ils ne font pas attention à moi. Pourtant, je les nourris depuis le commencement des temps, comme je nourris mes arbres. Je suis leur garde-manger et ils me saccagent. Par mes arbres, je ne cesse jamais de vous faire des cadeaux : des fleurs, des fruits, des noix et de l'air purifié. Je ne sais que donner de plus. De toute façon, les hommes ne sont pas conscients de tout ce que je mets à leur disposition.

Toujours endormi, Robin pense que Mathurin disait vrai ; le géant existe.

Subitement, le garçon voit ses pieds s'enfoncer dans le sol. De l'huile et des eaux nauséabondes imbibent la terre autour de lui. Des bruits insolites en provenance des arbres se font entendre. L'énergie qui aspire tout ce dont les arbres ont besoin pour vivre n'arrive plus à pomper, vers les branches et les feuilles, ces liquides visqueux.

– Si je ne trouve personne pour nettoyer toute
 cette saloperie, toute la mécanique qui alimente les arbres va s'enrayer, se dit le garçon.

Le déversement s'intensifie et l'eau gluante monte de plus en plus. Robin s'enlise. Plus il essaie de courir, plus il est pris au piège, incapable de bouger. Sauver la forêt et se sauver lui-même : impossible, c'est un cauchemar !

La terre tremble. Il entend au loin des soldats armés de scies mécaniques. Le bruit de ces engins d'enfer envahit sa tête. Une véritable terreur s'empare de lui.

– Je suis pris dans ce marécage d'huile. Si je ne parviens pas à me sortir de là, je subirai le même sort que ces milliers d'arbres qui se meurent. Je me ferai tronçonner, déchiqueter, réduire en pulpe ! songe-t-il.

Les scies mécaniques se taisent pour quelques instants et Robin entend le gémissement des agonisants. Feuillus et résineux, indistinctement, pleurent leur impuissance. Ces suppliciés perdent leur sève, la mort approche.

Robin se débat pour libérer ses pieds. Plus il tente de sortir de son étau poisseux, plus il s'embourbe.

– Je vais mourir comme ces arbres. Aussi fiers et colosses qu'ils soient, ils ne peuvent se défendre contre les scies mécaniques.

Mourir les pieds rivés au sol tout comme le grand chêne, et ne rien pouvoir faire pour se sauver, c'est horrible !

Au moment où le bruit assourdissant des tronçonneuses s'amplifie et qu'un des soldats vient pour lui couper les jambes... Robin se réveille en sursaut.

Secoué, le jeune garçon revient à la réalité. L'automobile roule toujours. Il ne raconte pas son rêve, mais, pour se calmer, parle à son père.

– Tu sais papa, on dupe tout le monde. J'ai vu dans un documentaire que derrière des bandes de forêts le long des autoroutes, dans beaucoup de régions, c'est la dévastation. Y a plus d'arbres ! Ça me révolte.

Mais voilà, soudainement, qu'une idée surgit à son esprit.

CHAPITRE 10

# À *la défense*
## *des arbres survivants*

Arrivé à la maison, à L'Ancienne-Lorette, Robin déclare à son père qu'il y aura beaucoup plus d'arbres autour de la maison familiale.

– S'il le faut, je passerai les journaux tous les matins pour me faire de l'argent pour en acheter, lui déclare-t-il.

Son père a peut-être un peu oublié le «Pacte de l'abondance», mais Robin, lui, n'oubliera jamais. Il a promis à Mathurin de protéger les arbres, ceux de son terrain en premier. Il jure que chaque année, il plantera des arbres chez lui et chez ses amis, et ce, tout au long de sa vie.

Aussitôt arrivé à la maison, Robin fabrique une pancarte qu'il installe à l'avant du terrain. On peut y lire : « *Zone de protection des arbres* ».

Comme ses amis sont tous de retour de vacances, mais n'ont pas encore repris les classes, il les entraîne dans sa mission de protéger les boisés, les forêts et le plus d'arbres possible. Il leur explique pourquoi il faut le faire. Avec leur aide, il inscrit frénétiquement sur des cartons récupérés, des messages pour les gens de son quartier :

« *Sauvez-moi de l'abattage !* »

« *Je suis vivant : épargnez-moi !* »

« *Quand tous les arbres seront morts, vous sécherez comme de la morue.* »

« *Je suis le plus grand parasol que la nature ait inventé.* »

« *Je vous offre de l'oxygène, de la fraîcheur et j'abrite les oiseaux. Laissez-moi vivre !* »

« *Je vous protège des grands vents.* »

« *Je bois beaucoup d'eau pour éviter les inondations.* »

« *Moi l'arbre, je vous nourris de noix et de fruits : prenez soin de moi.* »

Les jeunes amorcent un travail acharné. Les messages s'empilent à la vitesse de l'éclair et en quelques jours seulement, ils complètent des centaines de pancartes. Barbouillés de peinture de la tête aux pieds, ils ricanent et s'amusent comme des petits fous, sans jamais perdre de vue leur objectif.

Les voici rendus à l'heure de la distribution. Chacun d'eux demande à tous les amis de ses amis d'attacher les affiches avec des cordes autour de tous les arbres qu'ils croisent.

– Pourquoi des cordes ?

– Pour éviter de les blesser avec des clous, répond Robin.

Avec ses compagnons, il lance ainsi l'opération sauvegarde de la forêt dans la région de Québec. Beaucoup d'adultes accueillent avec enthousiasme l'initiative des jeunes et leur permettent d'accrocher des pancartes sur les arbres de leur propriété. Certains leur proposent même de leur donner un coup de main s'ils en ont besoin. En l'espace de quelques heures, tous les arbres du quartier portent les affiches. On dirait des bavettes. Les jeunes et les adultes complices se serrent la main joyeusement, tout heureux de ce qu'ils ont accompli.

Cette première étape franchie, Robin rassemble ses amis et leur dit, en songeant aux célèbres phrases du vieux Mathurin :

– Avec une victoire, on ne gagne pas la guerre. Il faut qu'on continue. Chaque fois que quelqu'un s'attaquera aux arbres sans raison valable, nous jurons de tout faire pour les sauver, quitte à ameuter les journalistes. Vous faites maintenant partie de la bande de Robin Terroi.

Tout le monde se met à rire. Robin aussi. Mais il poursuit sa déclaration :

– Vous êtes maintenant les défenseurs des arbres et des forêts. Ensemble, nous pourrons agir vite. S'il le faut, nous organiserons des manifestations. Assez, c'est assez. Si vous êtes d'accord, nous allons révolutionner le monde pour le sauvetage des arbres et des forêts. Notre devise sera : « *Le génie et l'imagination au service des arbres. Tous unis, nous vaincrons !* »

Autour de Robin, c'est l'enthousiasme général et les copains se tapent dans les mains pour sceller leur engagement.

La bande de Robin Terroi prend ensuite une initiative. Chacun des membres doit consulter des livres et trouver comment faire germer des graines d'arbres. Voilà un secret bien gardé que chacun doit découvrir. Chaque garçon devra parvenir à faire pousser le plus de semences possible à partir d'arbres indigènes comme les érables, les chênes, les sorbiers ou les frênes.

L'idée est de réussir à faire germer les graines de plusieurs espèces d'arbres différents. Tout ça, pour ajouter à la difficulté. À celui qui réussira le mieux, sera confiée la prochaine grande campagne de transplantation d'arbres dans le voisinage. C'est lui qui devra l'organiser et réussir à tout prix. Il sera le chef de cette mission.

Certains se voient déjà diriger le plus gros chantier de transplantation au monde. D'autres imaginent que le pays sera couvert de beaucoup de forêts, d'ici à ce qu'ils soient grands. Ils auront réalisé une œuvre. À les entendre, Robin se fait cette réflexion :

– Autrefois, les humains rêvaient de construire des édifices, des barrages électriques et coupaient tout sur leur passage. Maintenant, nous voulons recréer des forêts partout où c'est possible de le faire. C'est quand même bizarre.

Pendant qu'à L'Ancienne-Lorette, Robin tente de sauver les arbres, en plein cœur de Montréal, Éoline prépare, elle aussi, sa mission.

## CHAPITRE 11

# *Les musiciens du géant:*
## *les vents*

Éoline, depuis qu'elle est de retour à Montréal, court après son souffle. L'asthme la fait souffrir. Couchée sur son lit, elle songe à son arrière-grand-père Mathurin qui raconte que les vents transportent le parfum des fleurs et fait danser les feuilles des arbres.

Il y a aussi une autre de ses histoires :

– Un bon matin, le géant eut l'idée de demander aux araignées de tisser des toiles de différentes grandeurs. Quand les vents se sont mis à souffler à travers elles, les notes de musique sont nées, et de partout des symphonies parvenaient aux oreilles de Québec.

Les conifères se sont joints à l'orchestre. Ils sifflaient comme de grandes flûtes quand le vent du nord prenait son élan. Le vent du sud secouait les feuillages comme de légères clochettes.

D'autres arbres produisaient des bruits de cymbales ou des claquements de castagnettes suivant la force du vent de l'est ou de l'ouest. L'air en mouvement jouait de tous les instruments rencontrés sur son passage.

Québec avait dit aux vents : «*Vous serez mes musiciens !*» Je vous prête mes arbres, mes bosquets, mes toiles d'araignée pour que vous en fassiez vos instruments de musique.

Revenant à la réalité, Éoline se souvient des grosses verrues qui se sont mises à pousser sur le corps du géant : les villes. Aujourd'hui, envahis de mille bruits, avec des chicots d'arbres, les vents n'ont plus d'instruments pour faire de la musique. Au lieu de créer des mélodies, il charrie la poussière. Elle soupire et s'ennuie de la musique qu'elle écoutait dans la forêt de Mathurin.

Quelques jours plus tard, en compagnie de sa mère, Éoline emprunte le grand boulevard pour aller au parc. Comme elle est encore petite, son nez arrive juste au-dessus des tuyaux d'échappement des voitures. Les véhicules relâchent des gaz asphyxiants et des nuées de poussière s'élèvent quand les feux de circulation passent au vert. Elle s'écrie :

– Maman, mes yeux brûlent et ça picote dans ma gorge. Tu sais, le géant, lui, il ne peut pas installer un air conditionné pour nettoyer tous les vents de son pays. Moi, je peux le faire dans ma maison. Mais, dès que je suis dehors, il y a trop de gaz puants. J'ai de la misère à respirer. Imagine le géant !

Elle se rappelle qu'un jour, après une visite chez sa cousine, elle a vu sa ville de loin, tout enveloppée d'un répugnant nuage brunâtre. Sa mère lui avait dit que c'était de la poussière et du gaz provenant des automobiles et du chauffage.

– C'est pour ne pas ajouter à cette pollution qu'on n'a pas d'auto, ton père et moi, ajoute-t-elle.

Éoline était fière d'eux.

– Je voudrais nettoyer le vent, pour que l'air de ma ville soit propre. Si la canne magique de Mathurin pouvait transformer toutes les vieilles autos pour qu'elles sentent les fleurs. J'aimerais ça ! se dit la petite fille.

Le lendemain au parc, Éoline demande à toutes ses copines dont les parents ont des ventilateurs de les apporter chez elle avec, en plus, beaucoup de sacs de papier recyclé. Six petites filles répondent à l'appel. Éoline explique son plan pour nettoyer l'air du quartier.

Avec des rallonges électriques, elles installent sept éventails devant la maison.

– Nous allons emprisonner la pollution, déclare-t-elle.

La poussée d'air des éventails gonfle les sacs que les petites filles referment hermétiquement... Au bout d'un certain temps, après avoir rempli des douzaines et des douzaines de sacs, ces derniers se dégonflent.

Lasses de ce jeu et déçues des résultats, les jeunes complices modifient leurs plans de dépollution. À l'aide de tous les éventails, le groupe décide de repousser l'air poussiéreux de la rue pour l'éloigner de la maison d'Éoline. Les sept hélices fonctionnent à plein régime devant la maison. Passants et voisins s'étonnent du spectacle sans comprendre ce qui se passe.

Au bout d'une heure, Éoline, découragée, constate que la tâche est trop énorme. Pourtant, son imagination repart de plus belle. Elle s'écrie:

– Les arbustes bouffent les gaz polluants. C'est un monsieur à la télévision qui l'a dit ! Il faut une armée d'arbres pour nous aider à faire le grand ménage de l'air. Youpi ! Je savais que je trouverais.

Les fillettes retournent chez elles et rapportent leurs éventails, tout en se demandant ce que l'amie Éoline est en train de mijoter.

## CHAPITRE 12

# *L'opération « désasphaltage »*

Dans le quartier d'Éoline, il y a bien quelques arbres et des herbes folles qui, pour vivre, doivent défoncer l'asphalte. Elle sait que cette maigre végétation, ce sont les mains tendues du géant qui manifeste sa présence.

– Comment peut-il être heureux, emprisonné sous le ciment, les gratte-ciel et les milliers de maisons ? se demande-t-elle.

De chez elle, la fillette ne voit jamais l'horizon. Sa cour enserrée par des appartements hauts de trois étages laisse à peine voir un carré de ciel. Le soleil y fait une courte visite et la lune se fait bien discrète.

Pour rêver, Éoline et sa poupée de chiffon vont sous deux vieux lilas à l'arrière de la maison. À leurs pieds, il y a deux ronds de terre. Les lilas ressemblent à des pions déposés là pour signaler que, sous l'asphalte, il y a peut-être de la vie. Se saisissant d'une poignée de terre, Éoline a envie de pleurer.

– C'est toi, mon géant? On t'a emprisonné. Comme moi, tu respires mal. Arrière-grand-père a dit que l'on devait te protéger. Je vais te donner des bras et des mains et tu vas pouvoir m'aider à attraper la poussière.

Le géant, presque emmuré sous le poids des constructions de la ville, ne peut communiquer avec Éoline. Le bruit de la ville couvre sa voix. Il se demande comment l'enfant arrivera à remplir la promesse faite par les Terroi de lui porter secours.

Malgré son jeune âge, Éoline n'est pas à court d'idées:

– Les rues, les maisons collées les unes sur les autres, c'est une grosse croûte sur le dos du géant! En plantant des arbres et des arbustes partout dans les ruelles et dans toutes les cours de la ville, on va redonner au géant ses bras et ses mains. Québec va pouvoir attraper les poussières et les polluants qui remplissent les vents, se dit-elle.

Quelques jours plus tard, alors que ses parents se consacrent à leurs activités, Éoline se munit d'un marteau. Elle entreprend de briser l'asphalte autour des lilas pour dégager le géant de son corset. Elle fait tant et si bien qu'en trois heures de travail acharné elle arrache tellement de plaques d'asphalte que Québec, le

géant, ressent pour la première fois depuis plus de cinquante ans le contact de l'air à cet endroit précis de son corps.

Très discrètement, la petite enfouit les morceaux d'asphalte brisé dans des boîtes en carton qu'elle camoufle sur le bord de la ruelle. Au premier coup d'œil, ses parents ne remarquent rien. La fillette poursuit son stratagème durant plusieurs jours. Au train où va l'opération, ses parents font finir par s'apercevoir de quelque chose ! Éoline décide donc de stopper temporairement son chantier, histoire de ne pas trop éveiller les soupçons.

Quelques jours passent. Elle choisit de donner le grand coup en invitant tous les copains de la ruelle à participer à l'opération. Subtilisant les marteaux de leurs pères, les enfants s'en donnent à cœur joie. Les garçons trouvent ce jeu à leur goût, et invitent d'autres amis à leur prêter main-forte pour arracher l'asphalte de la cour des Terroi.

Les enfants, à l'aide de voiturettes, transportent chez eux les boîtes remplies de plaques d'asphalte. Ils veulent éviter que les parents d'Éoline ne découvrent leur plan avant qu'il soit terminé. Ce n'est que le week-end suivant que les adultes se rendent compte des... dégâts!

Dans la cour un immense demi-cercle dépouillé de son asphalte occupe maintenant presque tout l'espace. Les parents d'Éoline sont estomaqués. Ils nagent en pleine confusion. Pas une seule seconde ils n'imaginent qui est l'auteur de ce «méfait»!

C'est alors qu'Éoline regarde son père avec fierté:

– J'ai respecté la promesse des Terroi. J'ai donné de l'oxygène à Québec, le géant. Maintenant, tu vas pouvoir acheter de la terre et faire pousser du gazon, des fleurs et d'autres lilas. Es-tu content?

Son père, abasourdi, n'en croit pas ses oreilles. Sa cour est dévastée, comme si une taupe s'était acharnée à tout chambarder... et Éoline lui demande s'il est content!

Il sent la colère monter en lui.

– Te rends-tu compte? La cour a l'air d'un champ de mines. On peut dire que tu les prends au sérieux, les histoires de Mathurin. Je devrais te punir, peste-t-il.

La réponse d'Éoline ne se fait pas attendre:

– Ah non, papa! C'est toi qui devrais recevoir une punition pour avoir fait recouvrir le géant. Vous les adultes, vous vous croyez tout permis. Vous construisez des tas de maisons sans penser qu'en dessous, le géant vit. Vous construisez tout ce que vous voulez. Au moins, remplacez ce que vous enlevez au géant et faites pousser du gazon et des plantes dans les cours et sur les toits, et partout! Finalement... le seul adulte intelligent que je connaisse, c'est ton grand-père Mathurin! Lui, il sait quoi faire pour que Québec soit en santé!

Quand Mathurin apprend la manœuvre de la petite Éoline, il rit un bon coup. Il n'aurait jamais cru que ses messages écologiques iraient aussi loin. Cette nouvelle approche en environnement urbain s'appellera dorénavant dans la lignée des Terroi, le «désasphaltage»!

Deux semaines plus tard à Montréal un autre jardin fleurit, celui d'Éoline. Bientôt de la vigne couvrira deux murs de brique. Des fleurs d'ombre dansent déjà avec le vent. Les vieux lilas accueillent à leurs pieds des arbustes au feuillage coloré et une haie remplace la triste clôture. Un miracle en plein cœur de la ville.

Éoline n'a pas fini de donner du fil à retordre à ses parents. Elle tente déjà de négocier avec eux l'installation d'un autre jardin... cette fois, sur le toit de la maison! Et le plus tôt sera le mieux. Son père devrait prendre les devants, car avec Éoline Terroi, déterminée comme elle l'est, il risque d'avoir d'autres surprises.

En cette fin d'été, près de Rimouski, Jonas s'inquiète pour son beau fleuve.

CHAPITRE 13

# Les rivières de diamants du géant

Jonas, dans le Bas-Saint-Laurent, se sent tout petit devant l'immensité du fleuve qui coule à ses pieds. Une des histoires de son arrière-grand-père Mathurin résonne dans sa tête.

– Quand vous regardez le géant Québec, vous voyez les arbres qui poussent à même sa peau. Vous voyez les collines et les montagnes qui dessinent des formes amusantes et parfois inquiétantes. Si vous grimpez en haut des monts, vous découvrez des rivières de diamants qui coulent partout sur le géant. L'eau du Saguenay, celle du fleuve et des moindres ruisselets, tout ça est le sang du géant. Quand l'eau est pure, elle apporte des bienfaits.

Jonas aime l'eau. Chaque printemps, à la fonte des neiges, il se rend au fossé qui recueille l'eau des terres à vaches et des champs de culture pour se gonfler et devenir un ruisseau d'eau vive. Il est toujours fasciné par l'eau qui bouillonne sous de minces couches de glace.

Ce ruisseau tumultueux remonte à la surface pour disparaître plus loin sous la neige. Avec ses copains, il essaye de faire des barrages pour dévier le courant. Ses amis et lui s'amusent jusqu'à ce que leurs mitaines soient imbibées et que leurs bottes soient remplies d'eau. Toute cette eau si amusante finit par se rendre au fleuve.

Le professeur de géographie de Jonas a montré à ses élèves que les Grands Lacs se déversent dans le fleuve Saint-Laurent. Là où les grosses industries laissent s'échapper des produits très dangereux. Avant, tout le monde croyait que ce n'était pas grave de jeter des déchets à l'eau. Mais on n'avait pas pensé au géant Québec, ni aux poissons! Au début de l'été, il en a vu un, tout déformé, échoué sur le bord du fleuve.

Songeur, Jonas se demande comment il peut agir pour empêcher qu'on envoie autant de cochonnerie dans son beau fleuve. Il écrit un courriel à Mathurin pour en apprendre plus sur le sang qui coule dans les veines du géant.

Son arrière-grand-père lui répond :

– Dans les temps anciens, le sang symbolisait
la vie. Qui perdait son sang perdait la vie. Le
liquide rouge en nous circule comme une
multitude de rivières et de grands fleuves qui
charrient des minéraux et des vitamines, de
la nourriture partout dans ton corps. Si tu
manges de bons légumes, si tu bois de l'eau

pure et tu respires de l'air propre, tu es en santé et plein d'énergie. Pour Québec, c'est pareil, mais son sang à lui, c'est l'eau.

Quand il y a la pluie, des milliards de gouttes tombent sur la peau du géant. L'eau glisse en surface et balaye des déchets qui vont vers de plus gros cours d'eau. La pluie s'infiltre aussi dans le sol.

Pour se fabriquer des réserves d'eau pure, le géant a inventé de grosses éponges. Ces marais et ces marécages capturent l'eau de pluie. Au lieu de couler partout, l'eau pénètre tout doucement dans le sol. Plus elle descend dans les profondeurs du marais, plus elle se purifie. Au bout de son trajet, elle se retrouve dans une des très nombreuses cavernes qui existent dans le ventre du géant. C'est là que l'eau arrête sa course pour se reposer.

Partout dans sa peau, le géant abrite des poches remplies d'eau. Ce sont ses réserves cachées d'eau douce. Elles finissent par déborder et deviennent des sources qui abreuvent les humains. C'est un extraordinaire cadeau.

Après avoir lu le courriel de Mathurin, l'esprit de Jonas se perd dans d'autres pensées.

## CHAPITRE 14

# *Une excursion sous-marine*
# *inquiétante*

Rêveur, Jonas se voit en homme-grenouille en pleine expédition. Il nage, fasciné par le monde aquatique. Soudain, il aperçoit un nuage rougeâtre opaque qui suit le courant.

– D'où ça vient? se demande-t-il.

Le plongeur ne tarde pas à le découvrir, quand finalement il passe devant un gros tuyau. Celui-ci crache une substance rouge à pleine gueule: une vision horrifiante. Heureusement, les bonbonnes d'oxygène sauvent la vie de Jonas.

– Les humains ont des tours dans leur sac, mais pour les poissons, c'est catastrophique! pense-t-il.

Un peu plus loin, un gros brochet semble très mal en point. Plusieurs petits poissons cessent de nager dès qu'ils touchent au nuage rougeâtre. Ils dérivent et remontent raides morts jusqu'à la surface du fleuve.

– Est-ce que les poissons vont devoir porter des bonbonnes ? se demande Jonas, tout énervé.

À quelques coups de palmes de là, l'eau se clarifie. Jonas poursuit son périple. Un gigantesque tunnel débouche directement sous le fleuve. Un grillage en ferme l'ouverture.

Des eaux boueuses s'échappent de cet égout collecteur. Seule une grosse ville peut générer autant de saleté.

– C'est trop facile de déverser des produits dangereux dans l'eau, sans que personne s'en rende compte. Il faut être un homme-grenouille pour le voir ! s'insurge-t-il.

L'instant d'après, il sursaute. Une ombre terrible vient de la surface du fleuve. C'est un transatlantique propulsé par des hélices monstrueuses qui provoquent de violents tourbillons.

Au même moment, Jonas entend pour la première fois, la voix de Québec, le géant :

– Tu sais jeune Terroi que les grosses vagues des bateaux grugent les berges de mon fleuve. Les oiseaux aquatiques sont alors chassés de leurs nids, sans savoir où aller. Si les humains permettaient aux grandes herbes de pousser sur le bord de l'eau, comme je l'ai toujours fait, les oiseaux et les petits poissons seraient protégés et ce problème-là serait beaucoup moins grave.

Le géant poursuit:

– Tout ce que tu as vu tantôt m'agresse. Quand vous lavez votre linge, quand vous faites votre vaisselle, quand vous allez à la toilette, vous balancez dans mon sang toute cette eau souillée.

Mathurin a dit que les Terroi peuvent parler au géant, Jonas risque donc une réponse:

– Mais comment faire autrement? Je ne trouve pas d'idée. Les compagnies, ça n'a pas de tête et à part quelques adultes, les autres sont trop occupés pour nous aider à nettoyer l'eau. Ça m'enrage, s'exclame Jonas!

– Il suffit parfois d'observer les animaux, réplique le géant. Regarde les castors. Ils saccagent quelque peu mes forêts et mes berges, mais ils sont pleins de sagesse. Ils coupent des arbres pour construire leurs barrages et leurs abris. En fait, ils font du ménage en abattant seulement certains de mes arbres, ce qui permet à d'autres de mieux pousser. À l'arrière de leurs barrages, là où l'eau monte, des oiseaux aquatiques font leurs nids et des poissons établissent leurs pouponnières. Les castors sont ingénieux. Il me semble que les humains devraient l'être encore plus !

– J'en ai marre ! Tout cela est bien trop compliqué, s'écrie Jonas, qui sort de sa rêverie.

Quelques jours plus tard, avec son père, Jonas voit, non loin de Rimouski, des bélugas échoués.

– Ils sont morts. Est-ce que c'est parce qu'ils étaient malades, lui demande-t-il ?

Son père lui explique que devant Rimouski, il y a l'estuaire du fleuve Saint-Laurent et qu'on a longtemps cru que les polluants qui viennent de Montréal, de Québec et des États-Unis s'en allaient dans la mer. On sait maintenant que c'est faux. Des savants viennent de découvrir que l'estuaire est comme une grosse cuvette, très profonde et que les déchets coulent au fond.

En fait, depuis vingt ans la pollution dans l'estuaire n'a pas diminué. Au contraire. Les bélugas sont encore en danger et malades de la pollution. D'ailleurs, ils en crèvent.

– Il n'y a donc rien à faire ? réplique le garçon.

Comme son père aussi connaît les histoires de Mathurin et le « Pacte de l'abondance » des Terroi, il est bien à l'aise de continuer son explication.

– Le géant Québec sait tout ce qui se passe en lui et autour de lui. Il est vivant. Il a des yeux partout. Il sait que les bélugas meurent et que d'autres espèces, y compris nous, mourront, si rien n'est fait pour cesser la pollution rapidement. Le géant a inventé toutes sortes de moyens pour se purifier lui-même, mais la tâche est aujourd'hui trop lourde pour lui. Il a besoin de nous tous, de toi, de tes amis pour se débarrasser de ce qui l'empoisonne. Avec plusieurs citoyens, tu le sais, on a souvent alerté ceux qui dirigent le pays et on continue de leur dire qu'il faut agir. Toi aussi, à ta façon d'enfant, tu vas trouver des moyens pour diminuer la pollution de l'eau.

Encouragé par son père, Jonas réfléchit et cherche dans sa tête les moyens de purifier le sang du géant. Pas facile, mais il faut trouver.

# Chapitre 15

# *Des drôles de bouteilles à la mer*

Jonas ne veut pas céder au découragement, mais la tentation d'abandonner sa mission le hante.

– C'est injuste. C'est facile pour Robin et Éoline de planter des arbres et du gazon pour aider Québec. Moi, je ne suis pas capable de nettoyer tout le fleuve Saint-Laurent, même avec tous mes amis. Je n'y arriverai jamais ! Personne ne se soucie de l'eau, tout le monde cochonne les rivières ! Je ne peux rien faire, rien, s'écrie-t-il.

Désespéré, il écrit un autre courriel où il implore le vieux Mathurin de l'aider.

De l'autre côté de la rive, au Saguenay, le vieillard se demande s'il n'est pas allé un peu trop loin. Il regrette que son arrière-petit-fils ressente si douloureusement son impuissance. Il lui écrit le courriel suivant :

– Les solutions faciles n'existent pas toujours, cher Jonas, mais poser un petit geste vaut mieux que de ne rien tenter. Tu pourras au moins te dire que tu vis à la hauteur de tes convictions et de tes moyens. L'heure n'est pas au découragement. Ta caboche est pleine d'idées, secoue-la ! Il va en sortir quelque chose, c'est certain.

Jonas secoue la tête de gauche à droite... quand tout à coup une phrase surgit dans son esprit. « *Les naufragés lancent des bouteilles à la mer en espérant que quelqu'un viendra les rescaper.* »

– Je vais lancer des bouteilles pour le géant ! s'exclame-t-il.

Bien que son idée lui semble dégueulasse, il se dit que c'est la meilleure qu'il a trouvée pour faire comprendre qu'on ne doit plus salir l'eau.

Le projet de Jonas consiste d'abord à ramasser des poissons morts sur une plage. Ensuite, il va remplir des pots de confitures avec l'eau du fleuve et mettre les poissons dedans. C'est la seule manière qu'il a trouvée de montrer aux gens le résultat de leur insouciance.

Ragaillardi, Jonas s'équipe de gants de caoutchouc et fait la tournée des bacs de récupération de sa ville pour ramasser tous les pots de vitre qu'il peut. Il en bourre son sac à dos, ainsi qu'une voiturette complète. Avec le «butin» qu'il rassemble sur le bord du fleuve, il commence à remplir ses pots des poissons morts et d'eau sale. En trois jours, il compte déjà près d'une centaine de récipients. Plusieurs de ses amis au fait de son entreprise offrent d'imprimer des étiquettes et de les coller sur les pots.

Ensemble, ses copains et lui transportent tous les bocaux au stationnement du kiosque touristique. Ils ont l'intention de les donner à chaque visiteur.

Quand les touristes en provenance de Montréal, de Québec, de France et d'ailleurs voient ça, en général, ils s'approchent pour lire ce qu'il y a d'écrit sur les pots :

– Je suis mort empoisonné et votre tour viendra si vous continuez de salir l'eau du fleuve !

Ils y trouvent aussi la triste photo d'un goéland couvert de pétrole et que les enfants ont trouvée dans le journal. Ils en ont tiré des photocopies qu'ils ont ensuite collées sur d'autres pots.

Tout le monde a la même réaction à la vue des poissons morts : Pouach !

Les plus jeunes visiteurs n'hésitent pas à prendre un pot «comme souvenir», mais les adultes qui veulent conserver ce cadeau bizarre sont rares.

Un des employés du kiosque touristique se rend compte de ce qui se passe dans le stationnement et aussitôt, demande aux enfants de quitter les lieux. C'est alors qu'une touriste prend la défense de la bande d'amis à Jonas :

– Ils ont raison de faire ça. Ça ne fait de mal à personne. C'est bien le contraire. Qu'est-ce que ça donne de jouer à l'autruche ? L'eau est polluée, et plus les gens en prendront conscience, plus nous nous rapprocherons de solutions valables. Laissez les enfants donner leurs pots.

Après réflexion et un peu à contrecœur, l'employé du kiosque décide de laisser les garçons continuer leur projet… jusqu'au retour à l'école !

Jonas croit vraiment que ses pots d'eau sale transportés par les voyageurs vont faire comprendre à tous qu'il est vraiment urgent d'agir. L'eau polluée empoisonne tout ce qui est vivant, autant le géant, les humains que les animaux.

Jonas veut croire de toutes ses forces qu'un jour, tous les ruisseaux, les rivières, les fleuves et les mers cesseront d'être des égouts à ciel ouvert et que Québec retrouvera ses rivières de diamants.

Pendant ce temps, à plusieurs centaines de kilomètres de là, dans sa banlieue, Ariane elle aussi se préoccupe de la santé du géant.

## CHAPITRE 16

# *Le géant : terre nourricière*

De retour dans sa banlieue près de Montréal, Ariane se remémore le jour où ses parents et elle ont déménagé dans leur nouvelle maison. Les champs qui l'entouraient sont alors devenus son terrain de jeu.

Le quartier où elle habite encore s'arrête à un fossé parsemé d'arbres. Une espèce de frontière entre le développement domiciliaire et la campagne.

Dès l'éclosion des bourgeons, des fleurs et des feuilles resserrent les rangs pour transformer les abords du fossé en cachette pour les enfants et en un refuge pour les animaux.

– Petite, je m'imaginais que c'était une forêt mystérieuse. Il y avait même des lianes ! On s'inventait des aventures, se rappelle Ariane.

Au-delà de cette bande luxuriante s'ouvre un pâturage. De belles grosses vaches paresseuses meuglent. Ariane les a observées des étés de temps, durant des heures, tant que les grosses bêtes ne se rapprochaient pas trop d'elle.

Des expéditions et des pique-niques dans les champs, il y en a eu souvent.

Un jour, Ariane est même revenue à la maison avec un drôle de parfum. Elle s'était amusée à briser, avec ses chaussures, la croûte séchée d'une bouse de vache. Son soulier

s'était enfoncé dans la masse humide, molle et malodorante qui se trouvait sous la croûte! Ô surprise!

Elle avait tenté d'essuyer ses souliers dans l'herbe, rien n'y fit. La forte odeur persistait. Ariane craignait de se faire réprimander. Mais sa mère, une Terroi, lui avait expliqué que le fumier de vache, c'était une des nourritures favorites de la terre. Des petits vers de terre l'apprêtaient pour que les plantes, les légumes et les fruits deviennent plus gros et bourrés de vitamines qui rendent les enfants forts et en santé.

De l'autre côté du pâturage, il y a toujours eu les bosquets d'arbustes qui, une fois enjambés, débouchent encore aujourd'hui, sur un champ de blé, et plus loin, sur des cultures de fruits et de légumes. Mais il n'y a pas que des légumes qui viennent de la terre.

Combien de fois Ariane, cachée dans les bosquets, avait assisté à un bien drôle de spectacle? Avant les semailles, un agriculteur arpentait son champ. L'homme avait un tracteur suivi d'une remorque dans laquelle il recueillait une récolte croquante à souhait: des roches. Chaque printemps, beaucoup de pierres remontent de la terre, comme de grosses patates. Ce présent fabuleux donné par le géant, c'est la fameuse pierre des champs.

Un jour, le cultivateur avait expliqué aux petites filles curieuses que cette roche avait permis aux premiers habitants du pays de se bâtir des maisons et des foyers qui résistaient au feu.

L'agriculteur, touché par l'intérêt que les petites portaient à la terre, leur avait permis par la suite, durant de nombreux étés, de construire une cabane de pierre à proximité de son champ.

De leur maisonnette de pierre, Ariane et ses amies se trouvaient aux premières loges pour voir pousser le blé et les légumes. Le cultivateur leur permettait d'en cueillir pour faire des pique-niques. Ce qu'elles étaient heureuses !

En cette fin d'été, les jeunes filles avaient le goût d'agrandir la cabane de pierre pour une dernière fois, parce que l'été prochain, elles seront trop grandes. Les garçons du quartier risqueraient de rire d'elles.

Toutefois, des visiteurs inattendus les empêcheront de mettre leur plan à exécution.

# CHAPITRE 17

# *L'assaut des pelles mécaniques*

Par un beau matin, Ariane aperçoit des engins mécaniques dans le champ près de chez elle. À l'heure du midi, attirée par de grosses montagnes de terre, elle se rend compte qu'il y a un immense trou dans le pâturage.

– C'en est fini de notre cabane de pierre! pense-t-elle.

Ariane est déçue. À la fin de la journée, catastrophée, elle réalise que les arbres qui longent le fossé, ceux qui ont abrité tous ses rêves d'enfant, sont couchés sur le sol, complètement déracinés. C'est la désolation.

Ariane n'accepte pas la situation. Choquée, elle s'approche des hommes de construction. Elle veut des explications :

– Pourquoi tout ce massacre? Pourquoi! s'exclame-t-elle. Vous avez le droit de bâtir des maisons, mais pas de tout arracher! leur crie-t-elle.

Personne ne l'écoute. Sauf un grand gaillard qui observe la scène. Il s'approche d'elle et lui dit :

– Qu'est-ce qui ne va pas, petite fille ?

Ariane lui répond qu'elle est très fâchée qu'ils aient coupé ses arbres.

– Vous ne vous rendez pas compte. C'est fini maintenant. Les cerises sauvages, les oiseaux, c'est fini ! Ils n'auront plus d'ombre pour se cacher du soleil, et plus d'abris pour se protéger des vents. Ils iront où ? Et, nous les enfants, c'était notre paradis, s'indigne-t-elle.

L'homme comprend.

– Tu as raison. On aurait dû y penser, mais on est tellement habitués à raser ce qui nous gêne, parce que c'est plus facile ensuite pour bouger la machinerie.

Il se tait et pose son regard sur quelques arbres encore intacts. L'homme se penche vers Ariane et lui glisse ces mots :

– Va demander à ta mère s'il y a de la place pour des arbres dans ta cour. Va vite !

Ariane se met à courir jusqu'à sa maison.

– Maman, maman, j'ai des arbres pour toi. Un monsieur va venir les planter. Il me l'a dit. Veux-tu, s'il te plaît ?

– On peut toujours trouver de la place pour des arbres, lui répond sa mère. Ariane file vers le chantier à la vitesse de l'éclair et essoufflée, crie au monsieur :

– Ma mère veut, elle est d'accord. Je vais vous montrer où est ma maison !

L'homme saute à bord d'une chargeuse-pelleteuse, démarre le moteur et dirige l'engin vers un groupe de frênes en bordure du fossé.

Avec les dents de la pelle mécanique, il creuse le sol autour d'un premier arbre pour former la plus grosse motte de racines possible. Le godet chargeur glisse sous l'arbre. Le gaillard débarque de la cabine et, à l'aide d'une corde, fixe sa prise à la machine.

– Embarque, petite. Tu vas maintenant m'indiquer où on va planter cet arbre !

Fière comme une reine, Ariane dirige les opérations. Elle guide le mastodonte d'acier vers l'arrière de sa maison. Il y a là un terrain vacant qui donne accès à la cour.

La mère d'Ariane, voyant la machinerie portant un arbre impressionnant, n'en revient pas. Le monsieur fait un clin d'œil à Ariane puis s'adresse à sa mère :

– Nous avons une faveur à vous demander. Est-ce que je peux planter trois arbres chez vous ? Sinon demain, on va devoir les abattre. Ariane et moi, nous avons pensé qu'ils seraient bien ici.

Le monsieur explique à la mère d'Ariane comment il veut procéder.

Rapidement, l'homme se met à creuser dans la pelouse. Puis il se tourne vers Ariane :

– Petite, mets beaucoup d'eau dans le trou.

Ce qu'Ariane fait. En deux temps, trois mouvements, le travailleur de chantier installe doucement le frêne dans son nouvel emplacement. Avec la pelle mécanique, il remet la terre tout autour.

Sitôt terminé, il prépare les fosses des deux autres frênes. Après, il fait signe à Ariane de monter dans la cabine. Tout heureuse, elle s'en va sauver deux autres vestiges de son enfance.

Après deux bonnes heures de travail, juste avant de partir, l'homme lui confie :

– Je voulais que tu gardes de certains adultes un bon souvenir et que tu saches que nous ne sommes pas tous insensibles aux rêves de petites frimousses comme toi.

Avant de s'en aller, il regarde Ariane et déclare :

– À partir de demain, sur tous mes chantiers, je te promets que je ferai tout pour sauver les arbres et les ruisseaux. Je vais encourager les futurs propriétaires à préserver la nature telle qu'elle est, sur leur terrain. Pas besoin d'attendre des lois pour protéger la nature.

Je vais m'organiser pour que mon patron comprenne ! Fie-toi sur moi.

– Ça aurait été quand même plus beau, des maisons avec de grands arbres, murmure la jeune fille. J'aurais dû défendre les arbres dès ce matin.

Entendre le géant aux mille visages, les membres de la famille Terroi le peuvent. Mathurin le prétend. Dès que les trois arbres ont été replantés, le géant pousse un soupir de soulagement. Ariane en est certaine, pour la première fois, la terre se manifeste à elle. Puis, elle n'en croit pas ses oreilles, il lui parle.

– Sans les arbres, je deviendrais un désert. Leurs racines retiennent le sol et l'empêchent de s'effriter. L'ombre des feuillages conserve l'humidité de ma peau, ce qui donne à l'eau le temps de nourrir mes plantes. Les arbres me protègent. Ils sont mes gardes du corps. Merci d'en avoir sauvé quelques-uns, lui dit le géant.

– Pourtant, ce n'est pas assez, répond Ariane. Je dois en faire plus pour remplir la mission que Mathurin m'a confiée, celle de protéger la terre, en réalité de te protéger, cher géant !

À cet instant même, la jeune fille ouvre les yeux très grands, comme si elle voyait dans son esprit une image incroyable. Un très large sourire se dessine sur son visage.

– Cette fois, j'ai trouvé ma mission !, s'écrie-t-elle.

## CHAPITRE 18

# *Les cours de banlieue:*
## *un vaste potager*

Ariane et ses amies n'ont plus de champ pour jouer. Bientôt, il n'y aura plus de terre à cultiver sur des kilomètres à la ronde. Les terres agricoles disparaissent de plus en plus au profit des villes et des banlieues. Le géant ne pourra plus s'amuser à créer des légumes de toutes les couleurs. On lui retire sa planche de jeu.

Elle se dit que, si sur tous les terrains de banlieue on peut apprendre à cultiver, ça compensera toujours un peu. Pour permettre à Québec de continuer son œuvre de création, Ariane et ses amies vont lui offrir des potagers!

Les artistes ont besoin de peinture et de toiles pour peindre, le géant, lui, a besoin de ses milliards de semences et de terres libres, sans constructions et sans chemins asphaltés, pour s'exprimer.

Ariane et ses copines deviendront les complices du géant artiste qui ne demande qu'à offrir ses récoltes aux humains, ses invités.

Mais comment faire pour encourager les gens à cultiver quelques légumes chez eux, et apprendre que la nature du géant n'est que générosité ?

– Toute cette belle terre recouverte de pelouse, c'est de l'espace perdu, du vrai gaspillage. Des potagers partout, dans toutes les cours de mes amies, ce sera le miracle des banlieues ! pense Ariane.

Peut-être obtiendra-t-elle de l'aide chez le seul cultivateur qui reste dans la région ? Elle enfourche sa bicyclette et part à sa rencontre.

C'est alors qu'elle apprend que trop âgé et sans descendance, il doit vendre ses terres.

– C'est dommage. On n'aura plus vos bons légumes. Tous les voisins devront les faire venir de beaucoup plus loin. Il faudra les transporter, et l'essence, ça pollue. S'il vous plaît, montrez-nous comment cultiver des légumes. Notre projet, c'est de transformer nos cours de banlieue en potagers.

Le maraîcher, attendri, accepte d'aider les enfants. Il dévoile ses secrets de culture des légumes et des fruits : quand planter, comment arroser et le meilleur moment pour les récoltes des légumes et la cueillette des fruits.

À plusieurs reprises, Ariane rend visite au vieux cultivateur et sa femme. Celle-ci a toujours nourri le sol avec un compost qu'elle préparait elle-même.

– Le meilleur au monde ! affirme-t-elle.

– Mon mari et moi n'avons jamais manqué de rien. La terre a toujours donné. Grâce à toi et à des jeunes comme toi, qui veulent réapprendre comment cultiver, ce savoir très ancien ne sera pas perdu. Quand on sait cultiver la terre, simplement dans le respect de la nature, on ne meurt jamais de faim, on n'est jamais vraiment pauvre, affirme-t-elle.

Ariane peut maintenant compter sur ces précieux collaborateurs pour accomplir sa mission. Mais elle se demande comment convaincre tous les parents.

Elle réunit donc toutes ses amies pour mettre au point une stratégie faisant en sorte que leurs parents finiront par céder un bout de gazon afin d'installer les potagers.

Certains parents acceptent l'idée facilement. D'autres sont plus difficiles à convaincre. Plusieurs ont planté des fleurs partout autour de leur cour et des potagers briseraient leur plan.

– C'est joli beaucoup de fleurs, mais ça ne nourrit personne, pensent les jeunes filles.

Qu'une partie de plate-bande et de pelouse disparaisse ne sera pas pour plaire aux adultes. Quelques-unes des amies d'Ariane se butent à un refus catégorique de la part des parents. Mais pas une des jeunes filles ne s'avoue vaincue. Ariane quant à elle mijote un autre plan.

CHAPITRE 19

# Le camping
## comme désherbant

Entourée de ses amies, Ariane leur propose son plan « B ».

– Nous allons faire du camping dans la cour, indique-t-elle. Les parents ne pourront pas nous le refuser.

– D'accord, mais ça nous avance à quoi pour les potagers ? s'inquiète une de ses amies.

– Si on laisse les tentes installées là plusieurs jours, qu'est-ce qui va arriver ?

Les filles ne saisissent pas tout à fait où Ariane s'en va avec ses skis !

– Si on laisse les tentes longtemps à la même place, le gazon en dessous va mourir. Si on pique nos tentes à l'endroit le plus ensoleillé de la cour, là où on veut nos potagers, il y a des chances pour que les parents, forcés de remplacer le gazon, acceptent l'idée d'en faire des potagers. Avez-vous une meilleure idée ?

C'est le rire général. Aussitôt le plan compris, aussitôt le plan approuvé.

De retour chez elles, les filles laissent croire à leurs parents que comme leur cabane de pierre chez le cultivateur a disparu, pour la remplacer, des tentes feraient l'affaire. Nombreux sont les parents qui n'ont pas d'objection.

– C'est OK. Si ça vous amuse, plantez-les vos tentes.

La réussite du plan augure bien.

Le soir même, dans une quinzaine de cours du quartier, des tentes de toutes les couleurs s'illuminent. C'est magique et c'est surtout la fête. Une fête qui durera trois semaines.

Les adultes ne peuvent entrevoir encore dans quel piège ils viennent de se prendre.

Les tentes sont petites. Dans certaines cours, les amies décident d'en piquer quatre très rapprochées l'une de l'autre.

– Ça donnera un potager rectangulaire et de bonne grandeur pour faire pousser plein de légumes, se disent-elles.

Les filles poussent leur audace encore plus loin en creusant une tranchée autour de l'emplacement des tentes, exactement comme en vrai camping, pour empêcher l'eau de pluie d'entrer dans les tentes. L'idée derrière cette tranchée, c'est d'en faire les limites du potager !

– On n'aura pas des parents très, très heureux. Mais c'est là qu'on leur proposera à la place, de faire un potager, lance astucieusement Ariane.

Encore une fois, le géant laisse entendre son rire que seule Ariane peut entendre. Il approuve donc le « petit massacre de pelouse » qu'elle s'apprête à commettre chez elle et chez plusieurs de ses amies. Après tout, c'est pour une grande cause.

Après quelques jours Ariane, en soulevant le plancher de plastique de sa tente, constate que le soir, des vers de terre s'activent. Le géant murmure :

– Ces petites bestioles préparent la terre, l'ameublissent, fabriquent de l'engrais pour que je puisse me servir de la terre et m'amuser à créer de plus en plus de légumes et de plantes.

Le géant confie à Ariane qu'il a encore des idées pour inventer de nouvelles plantes.

Il enferme ses idées dans les semences qu'il compare à de minuscules sacs magiques.

– Quand la terre est bonne, sans produit toxique, mes créations explosent à la surface de mon corps : des fleurs, des fruits et des légumes, même des arbres. Je ne peux pas m'empêcher de créer, c'est plus fort que moi !

Les filles se rassemblent et rêvent aux légumes qu'elles planteront dès la fin de l'été. Il y a les laitues et les épinards qui peuvent pousser jusqu'à l'Halloween. Mais avant, il faudra préparer le sol et le vieux cultivateur a promis d'aider les enfants.

Pendant trois semaines, si quelqu'un avait survolé le quartier, il aurait vu, dès la nuit tombée, une vingtaine de tentes illuminées, comme si des lanternes de papier avaient été allumées.

Pendant ce temps, sous les tentes, le géant se débarrasse de son manteau de gazon et rêve de faire éclore ses nouvelles idées de plantes. Il est impatient.

Les nuits deviennent de plus en plus fraîches et le village de tentes doit être démantelé. Les filles s'inquiètent un peu de la réaction des parents quand ils verront le massacre de leurs pelouses… une fois les tentes démontées.

Par miracle, tout se déroule mieux et plus vite que prévu. Finalement, les adultes se sont parlé entre eux et l'idée des potagers a fait son chemin : il y aura des légumes et des fruits au lieu des fleurs puisque le gazon est bousillé.

– Oui les filles, vous les aurez vos potagers. Vous avez gagné.

Il y a même des pères qui offrent de retourner la terre pour la préparer à recevoir les semences de radis et de laitues, des légumes qui poussent bien dès la fin de l'été.

Au dernier soir de camping, alors que toutes les filles se regroupent pour savourer leur succès, elles assistent à un spectacle inimaginable. Des lucioles par centaines, avec leurs costumes de lumière aux couleurs des tentes, s'élèvent dès la noirceur. Elles survolent le camping improvisé comme pour remercier et saluer ces jeunes audacieuses.

Plusieurs chauves-souris se mettent de la partie et gobent, à toute vitesse, les maringouins qui ont l'ingratitude de s'attaquer aux amies d'Ariane. Ce bal aérien dure un bon moment. Tout à coup, lucioles et chauves-souris prennent de l'altitude, se rassemblent et disparaissent dans le ciel.

Ariane comprend immédiatement que cette envolée symbolise un message. Elle tend l'oreille vers la terre et reçoit ces paroles du géant Québec.

– Les lucioles et les chauves-souris partent pour le Saguenay. Je leur laisse le bonheur de faire une surprise à Mathurin !

Chapitre $\boxed{20}$

# *L'héritage de Mathurin*

L'été tirant à sa fin, Mathurin a envoyé un courriel à ses quatre arrière-petits-enfants :

– Pour sauver le géant aux mille visages, il faudra, chers enfants, utiliser toute votre imagination et vous en avez à revendre. Il faudra ensuite agir sans relâche et aimer le géant. Vous recevrez de lui, la beauté de ses paysages, son eau pure, de l'air frais, de la nourriture, de l'or, de l'argent et des diamants, des maisons et mille autres cadeaux. Respectez-le ! Ne l'épuisez pas et vous ne manquerez de rien. Ma vie s'achève, mais vous m'avez comblé de joie en prenant au sérieux tout ce que je vous ai raconté. Transmettez ce que vous savez. Entraînez dans votre sillage tous les gens qui sont sensibles à la nature du géant.

Le temps est maintenant venu de parler à tous du «Pacte de l'abondance» tissé entre le géant et les Terroi. Quant au don que je vous ai légué de mes ancêtres, honorez-le et soyez-en dignes. Mais de grâce, ne dites à personne que vous pouvez entendre le géant : on rirait de vous. Je voudrais vous épargner cela.

Dès que vous le pourrez, vous allez former la « Confrérie du Pacte de l'abondance » qui devra grossir de plus en plus. L'avenir est entre vos mains, mes enfants. Vous et tous vos amis. Parlez aux adultes, gagnez-les à vos missions.

Du fond de mon cœur de vieil homme, je vous remercie. Vous ferez vivre plus longtemps que moi, le « Pacte de l'abondance » auquel je n'ai cessé d'être fidèle.

Quelques jours plus tard, en soirée, au moment où Ariane voit les lucioles partir pour le Saguenay, le vieil homme, dans sa chaise berçante, regarde à travers les fenêtres de sa véranda. Les grillons chantent à la vie, une myriade d'étoiles scintillent dans la noirceur de la voûte céleste.

L'arrière-grand-père pense très fort à Robin, Éoline, Jonas et Ariane. Il a reçu de leurs nouvelles à quelques reprises. Il les a aidés autant qu'il a pu à accomplir leurs missions de Terroi.

Son message a toujours été celui-ci :

– Le découragement est mauvais conseiller.

Mathurin met fin à sa réflexion, attiré par le vol intense d'un nombre incroyable de chauves-souris qui obscurcissent totalement le ciel. La volée se sépare en deux groupes et dévoile un spectacle grandiose : une aurore boréale, d'une telle beauté que Mathurin croit n'en avoir jamais vu de semblables. Il cligne des yeux, il retire ses lunettes, les nettoie ; sa vue se trouble !

Tout à coup, des centaines de lucioles apparaissent dans le ciel. L'aurore boréale devient un rideau ondoyant sur lequel brillent les petites mouches à feu. La nuée se regroupe et dessine sur le rideau de lumière, en plein ciel, ces lettres :

« *Merci pour tout.* »

Émerveillé, le vieux se rend bien compte que c'est le géant qui lui fait signe grâce à ses amies chauves-souris et lucioles.

– Oui cher compagnon, je comprends ce que tu me dis. Mes arrière-petits-enfants ont réussi leurs premières missions. C'est ce que tu veux me dire, n'est-ce pas ? Je suis tellement heureux. Je pourrais mourir cette nuit, car je sais maintenant que la survie des forêts, de l'eau, de l'air et de la terre est presque assurée. Merci à toi géant d'avoir tenu tes promesses, de m'avoir nourri, chauffé, abreuvé. Merci.

Les lucioles et les chauves-souris vont vers la forêt pour se poser après un si long voyage.

## CHAPITRE 21

# La « disparition » de Mathurin

Le lendemain matin, des voisins qui tous les jours rendent visite au vieux Mathurin, ne le trouvent nulle part. Après des heures de recherches, au moment où certains s'apprêtent à demander l'aide des policiers, un enfant le trouve couché près de la forêt. Son corps est recouvert d'un drap de fleurs parfumées. Entre ses lèvres, il y a un épi de blé. Ses mains reposent sur son ventre. Son inséparable canne est déposée à côté de lui. L'enfant le secoue plusieurs fois, mais l'homme demeure inerte. Le petit court chercher des adultes pour secourir le vieux.

Tout le monde accourt. Un des hommes s'agenouille près du vieux qui ne semble pas respirer. Délicatement, il prend son pouls, se retourne et dit aux autres très inquiets :

– Son cœur bat toujours !

Plusieurs hommes tentent de soulever Mathurin et, à ce moment précis, le vieillard ouvre les yeux :

– Mais qu'est-ce que vous faites ? Je ne suis pas malade, je dors. J'avais simplement décidé ce matin très tôt de déjeuner avec... un très, très vieil ami. Puis, je me suis endormi. C'est tout !

Il se lève lentement, puis ajoute, devant ses voisins tout heureux :

– À partir de ce matin, je suis en congé. Il ne me reste qu'un secret à dévoiler aux jeunes. Quand le temps viendra, et il approche, je leur en ferai part.

Le vieux semble se perdre dans ses pensées. Il regarde avec énormément de tendresse ses voisins et glisse ses yeux doux et pétillants sur les montagnes, les vallées, la rivière au loin et ajoute :

– Je suis au comble du bonheur. Je devais accomplir une mission ; j'y ai contribué. Les jeunes vont maintenant prendre la relève. Ils ont compris ce qu'ils ont à faire.

Il me reste à regarder pousser les arbres, les fleurs. À manger les légumes et les fruits que m'offre mon très, très vieil ami.

Les gens rassemblés autour du vieux ne comprennent pas tout à fait ce qui arrive, ni les mots de Mathurin.

L'instant d'après, comme attiré par quelque chose, le vieil homme prend le chemin du pré et redescend vers sa maison. Agitant dans les airs sa fidèle canne, l'aïeul parle avec le géant. Il remercie la vie de lui avoir donné des arrière-petits-enfants comme les siens, des petits Terroi dignes du « Pacte de l'abondance » et capables d'accomplir leur mission. Ils sont maintenant prêts à bâtir la « Confrérie du Pacte de l'abondance » pour poursuivre l'œuvre de sauvegarde du géant Québec.

# TABLE DES MATIÈRES